Texto: J

Ilustração: J

Era uma vez um nariz

"Ao meu filho Afonso,
inspiração e motivo destas histórias"
Joaquim Semeano

Autor: Joaquim Semeano

Esta obra é uma publicação de Edições Vieira da Silva, Lda.
Rua Cidade da Horta, nº 1, 2º Esq. Fte.
1000-100 Lisboa
Endereço Web: www.edicoesvieiradasilva.pt
Correio electrónico: geral@edicoesvieiradasilva.pt

Título da obra: ERA UMA VEZ UM NARIZ
Coordenação editorial: António Vieira da Silva
Composição gráfica: José Chaves – Deptº. Gráfico de Edições Vieira da Silva
Ilustração: Vasco Parracho

Revisão: Autor

Impressão e acabamento: Publidisa
1ª Edição: Dezembro de 2012
2ª Edição: Maio de 2013
ISBN: 978-989-736-060-2
Depósito legal: 358494/13

Nota da Editora:
O conteúdo literário e plástico desta obra é da inteira e exclusiva responsabilidade do autor.

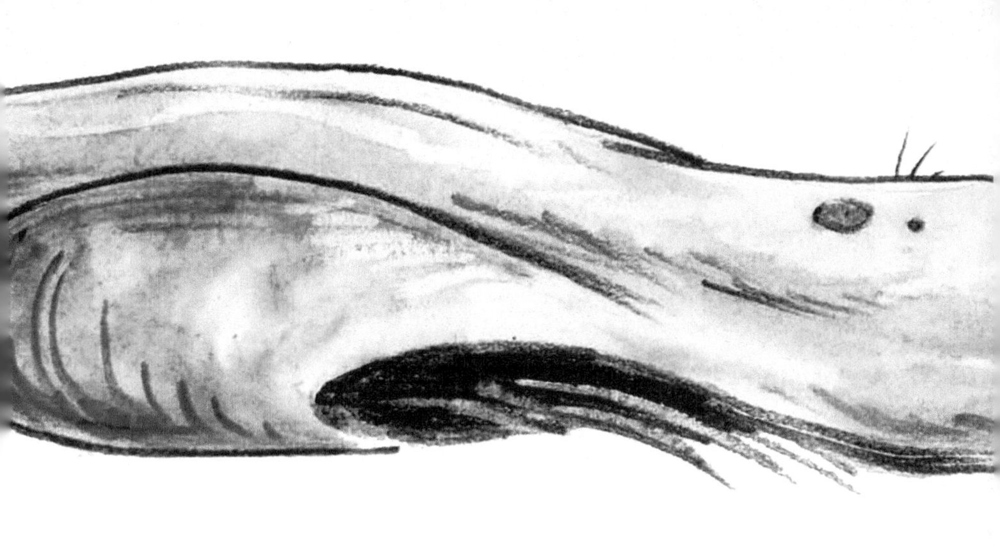

O
Nariz de Togolotó

Togolotó tinha um nariz muito, muito grande. Era tão grande que não se segurava na cara. Caía para o chão e ia a arrastar-se quando Togolotó andava. Até parecia o rabo de Togolotó.

O problema era que, como era muito comprido e se arrastava pelo chão, o nariz podia ser pisado pelas outras pessoas. Togolotó tinha muito medo disso. Devia doer muito!

Por isso, decidiu enrolar o nariz à volta do pescoço. Assim, ninguém o pisava. Mas Togolotó constipou-se, e a ponta do nariz estava atrás da cabeça. Deu muito trabalho a desenrolá-lo para poder limpá-lo.

Então, Togolotó achou que o melhor era colocá-lo sobre a sua barriga, debaixo da roupa. Só que estava tapado, e rapidamente Togolotó começou a sentir problemas para respirar. Tinha que o colocar ao ar livre.

Decidiu prendê-lo ao braço direito, mesmo que tivesse que dar voltas em redor do braço. Mas o braço andava sempre a mexer-se, de um lado para o outro, e o nariz de Togolotó não conseguia cheirar nada de nada. Afinal, é para isso que serve um nariz, não é?

Muito triste, sem saber o que fazer mais, Togolotó foi ao médico e pediu-lhe que o cortasse. O médico disse que sim.

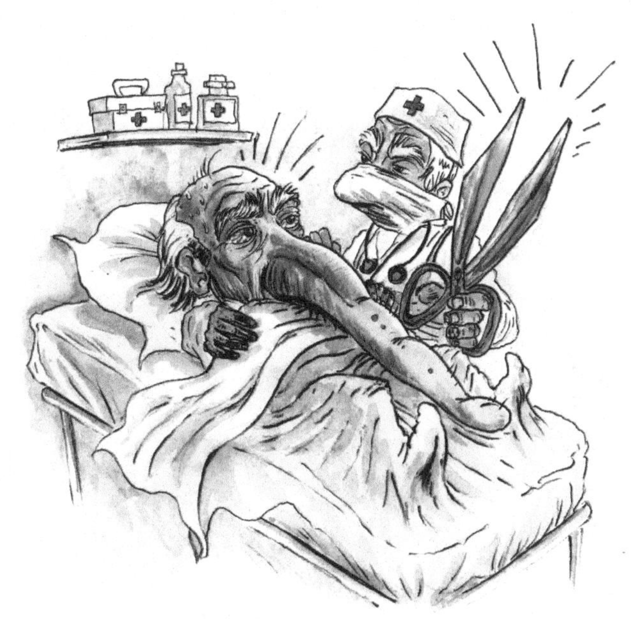

Com uma tesoura, cortou-lhe o nariz mesmo junto à cara e fez-lhe uma ligadura.

Togolotó foi, muito contente, para casa. Nessa noite, dormiu muito mal. Não conseguia cheirar nada, mas tinha uma comichão no nariz. Começou a coçar, e a ligadura caiu. Togolotó foi ao espelho e ficou muito admirado: no lugar do nariz tinha uma flor. Quando saiu à rua, toda a gente lhe foi cheirar o nariz.

Na terra dos meninos com nariz amarelo

Um menino chamado Laraef foi visitar uma estação de comboios. Como ainda era muito cedo, os comboios estavam todos a dormir. Tinham os olhos fechados e faziam barulhos estranhos com a boca. Por cima dos olhos, todos tinham marcado o seu destino. O primeiro dizia: “Terra dos monstros”.

Depois, Laraef leu os restantes:

"Terra das fadas"

"Terra da magia"

"Terra dos animais"

"Terra dos dragões"

"Terra dos gigantes"

"Terra dos meninos com nariz amarelo"

"Terra dos velhinhos"

Laraef pensou um bocado e escolheu entrar no comboio que dizia "Terra dos meninos com nariz amarelo". Sentou-se, o comboio abriu logo os olhos, sorriu e começou a andar. Tac-tac-tac-tac... O menino, então, adormeceu, e quando acordou olhou pela janela e viu uma terra diferente, muito diferente, daquela em que vivia.

Quando o comboio parou apareceu um homem muito alto, que com uma voz zangada lhe disse:

- Então o menino vem visitar a terra dos meninos com nariz amarelo? Para isso precisa de ter um nariz amarelo!

E então tirou, de dentro do grande casaco que vestia, uma caixa de tinta e um pincel.

- Toma! Pinta o teu nariz de amarelo! Mas atenção: só, e só, o nariz!

E saiu. O menino agarrou o pincel e começou a pintar o nariz de amarelo. Mas como não tinha um espelho, enganou-se e, além do nariz, pintou também a boca.

BOMBEIROS

Quando o homem alto voltou, ficou muito zangado:

- Eu disse-te que tivesses cuidado! Já viste que pintaste o nariz e a boca de amarelo? Assim, não podes entrar nesta terra! Tens que ir para a terra dos meninos com o nariz e a boca amarelos!

Laraef, muito triste, disse-lhe que não sabia como ir. Então o homem meteu os dedos na boca e assobiou. Uma águia gigante pousou ao lado dos dois. O menino subiu-lhe para as costas e ela levantou voo. Laraef tinha medo mas agarrou-se bem às penas da águia, e pouco depois aterraram numa terra onde todos os meninos tinham o nariz e a boca amarelos.

Cheio de fome, Laraef entrou numa loja de bombons e viu uma velhinha.

- Tens fome, menino?

- Sim, estou cheio de fome.

- Então toma. Este chocolate é muito bom.

O menino, que gostava muito de chocolate, comeu-o de imediato. Era muito, muito bom. Mas ficou com a boca suja de chocolate. Castanha, portanto.

Nesta altura apareceu de novo o homem muito alto. E estava zangado.

- Agora não podes ficar nesta terra! Tens que ir para a terra dos meninos com nariz amarelo e boca castanha!

Mais uma vez, chamou a águia gigante, que levou Laraef para a terra dos meninos com nariz amarelo e boca castanha.

Quando lá chegou, o menino entrou num palácio e, encontrando uma cama, deitou-se, pois estava cansado de tantas viagens. Dormiu toda a noite e no dia seguinte, de manhã, levantou-se bem disposto e foi à casa de banho lavar a cara. Nem se lembrou do nariz amarelo e da boca castanha. Por isso, ao lavar a cara apagou tudo e ficou da cor que tinha antes de entrar no comboio.

Ficou à espera que aparecesse o homem alto a gritar com ele, mas quem veio foi a mãe.

- Anda, o autocarro da escola deve estar a chegar!

Vestiu-se, agarrou na mochila e entrou no autocarro. E sorriu. Os meninos que ali estavam tinham todas as cores que se possa imaginar. Narizes amarelos, bocas castanhas, cabelos azuis. E ao volante do autocarro estava o homem alto, sorridente:

- Prontos, meninos? Vamos para a escola de todas as cores!

ESCOLA DE TODAS AS CORES
BRUMMM

O cozinheiro triste

ABERTO

João Baló era um cozinheiro muito famoso na sua terra, pois fazia os bolos mais saborosos de que há memória. Todos os meninos o adoravam, porque quando lhe pediam um bolo ele nunca dizia que não.

João Baló era muito gordo e baixinho, e tinha um avental branco cheio de desenhos feitos pelos meninos. A sua pastelaria, onde vendia bolos para todas as pessoas da terra, cheirava muito bem e estava sempre cheia de crianças.

Mas um dia a pastelaria não abriu de manhã. João Baló não apareceu. As crianças ficaram à porta à espera dele, mas nada... um por um, os meninos desistiram de esperar e seguiram para a escola.

Foi então que viram sentado, à beira da estrada, um homem tapado com um avental cheio de desenhos. Era João Baló. Estava muito triste, e chorava.

- O meu nariz deixou de funcionar. Já não cheiro nada. Sem ele, não posso fazer mais bolos. – explicou a todos os que o foram ver.

Todos o quiseram ajudar:

levaram-lhe cebolas, para ele cheirar e espirrar. Nada.

Levaram-lhe morangos, para ele ficar com vontade de comer. Nada.

Levaram-lhe pêssegos, para ele sentir o perfume. Nada.

Levaram-lhe alhos, para ver se ficava mal disposto. Nada.

Era como se João Baló já não tivesse um nariz.

Por isso, a partir daquele dia a pastelaria ficou fechada. João Baló partiu, talvez para longe, à procura de uma solução. Voltou, algum tempo depois, com uma caixa debaixo dos braços.

- É uma caixa mágica. – disse a todos – Faz bolos magníficos e eu não preciso de cheirá-los.

Todos foram ver e experimentar. A caixa era, de facto, mágica. Carregava-se num botão e saía um bolo. Não tinha cheiro. Mas, quando provaram, também acharam que não tinha sabor.

João Baló ficou novamente bastante triste. E partiu, mais uma vez. Uns dias mais tarde voltou acompanhado de um homem muito magro.

- Ele é um grande cozinheiro. Faz óptimos bolos.

As crianças provaram mas não gostaram. João Baló achou que não havia solução para o problema. E mais uma vez ficou muito triste.

Até que um menino se lembrou de um nariz postiço que usara pelo Carnaval.

Um nariz enorme, redondo e muito vermelho, como o de um palhaço. Correu a casa buscá-lo e deu-o a João Baló.

- Toma! E faz um bolo!

Assim foi. O cozinheiro sorriu, divertido com a ideia, e voltou à sua pastelaria. Mesmo sem cheirar, os bolos que fez foram os melhores de sempre.

A partir daquele dia, sempre que cozinhava usava um nariz de palhaço.

A borbulha

Alicia tinha 14 anos e era uma menina muito vaidosa. As pessoas diziam todas que ela era bonita, e elogiavam-lhe as tranças louras, os olhos castanhos e as bochechas cor de rosa. Por isso, ela era muito vaidosa.

O pior foi quando uma manhã ela se olhou ao espelho e viu que tinha uma borbulha na ponta do nariz. Ficou horrorizada.

Pensou que se carregasse na borbulha ela desapareceria. Por isso, tentou apagá-la com o dedo. Contudo, a borbulha fugiu. Se o dedo ia para a direita, ela ia para a esquerda; se o dedo ia para a esquerda, ela ia para a direita.

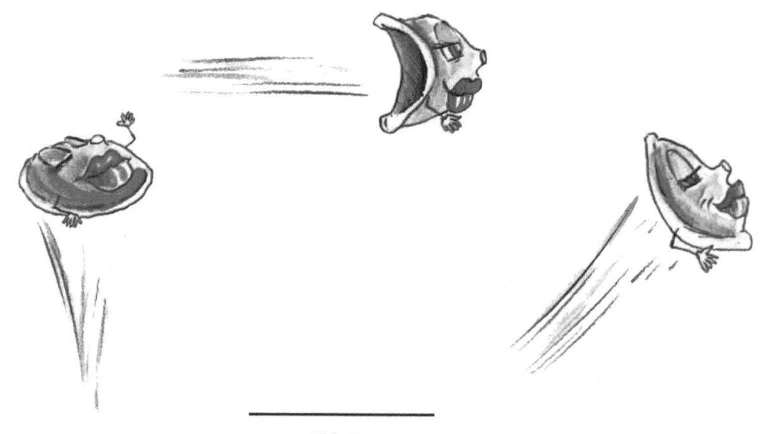

Alicia ficou muito zangada. Levou os dois dedos, um para a direita, outro para a esquerda. A borbulha fugiu-lhe para debaixo do nariz, junto ao lábio superior.

A menina ficou tão chateada que uma lágrima começou a rolhar-lhe pela cara.

Foi então que a borbulha cresceu de tamanho e saltou para o vidro do espelho. Era uma borbulha com dois olhos e uma boca.

- Não fiques assim. Mas não podes fazer-me mal. Se me magoares, todas as minhas irmãs vêm ter contigo.

Muito surpreendida, Alicia ficou mais vermelha que um tomate.

- Tu... falas?

- Falo, e faço tudo o que quiseres, desde que não me faças mal. Posso ser tua amiga.

- E… tens muitas irmãs?

- Muitas. Se me apagares, elas vêm ter contigo, zangadas.

- Mas... se não te apagar fico com o nariz muito feio.

- Tens que esquecer o teu nariz. Deixa de olhar para ele todas as manhãs.

Nos dias seguintes, Alicia tentou não se olhar ao espelho. Sabia que a borbulha estava lá mas, como não a via, foi esquecendo. Mas um dia ouviu uma vozinha. Era a borbulha:

- Alicia...

- Sim?

- Estou muito cansada. Preciso de dormir. Guardas-me na tua caixa de brinquedos?

- Claro...

Assim foi. A borbulha, já a abrir a boca de sono e com os olhos fechados, saltou-lhe para a mão, e Alicia guardou-a com carinho. Sentia que tinha ali uma amiga.

Voltou a olhar-se ao espelho, sem medo de ver mais borbulhas. Quando elas viessem, todas as irmãs, poderia guardá-las na sua caixa.

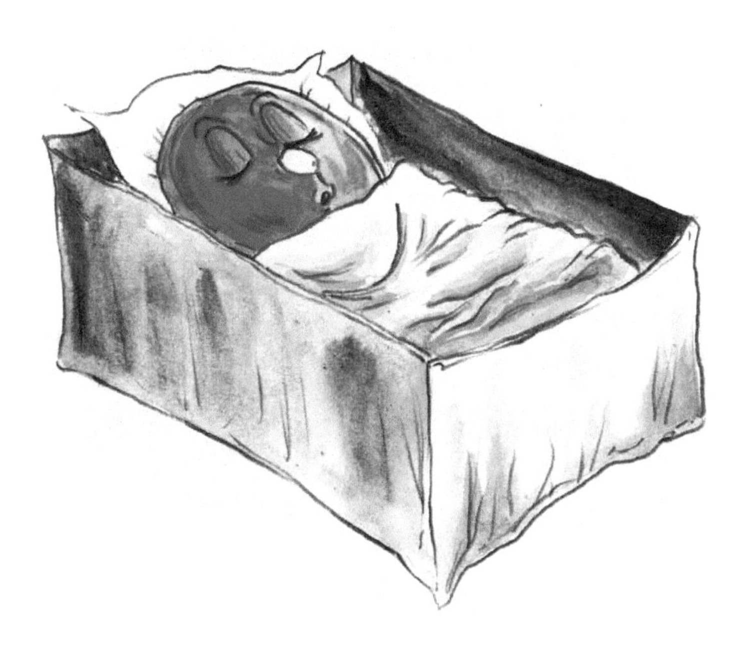

A invasão dos cogumelos

Quando chegou a Primavera, algo de muito grave aconteceu na terra do menino **Galielu**, que tinha 10 anos e era bastante observador. À sua volta, as pessoas começaram todas a espirrar muito. Mas mesmo muito. Galielu só as via com o lenço no nariz, e não se podia estar em silêncio em sítio nenhum.

- São as alergias. – disse-lhe a mãe.

- Estamos todos constipados. – disse-lhe o pai.

Mas Galielu não espirrava. Rapidamente percebeu que só ele é que não espirrava.

Ao mesmo tempo, e como era bom observador, Galielu viu que nas ruas da sua terra havia cada vez mais cogumelos. Olhando com atenção, percebeu: cada vez que uma pessoa espirrava, nascia um cogumelo! Por isso, as ruas começaram a ficar cheias de cogumelos. Era uma invasão.

Quando Galielu e os outros meninos iam para a escola, às vezes escorregavam nos cogumelos que estavam na estrada. Alguns apodreciam e cheiravam mal.

Na escola, os meninos descobriram uma nova brincadeira: atirar cogumelos uns aos outros. E uma das professoras decidiu dar-lhes uma lição especial, contando-lhes tudo sobre os cogumelos: os que se podem comer e os que não se podem comer por serem venenosos.

Mas os espirros continuaram.

- Aaaatchim!

Cada vez que uma pessoa espirrava, nascia um cogumelo. Já eram tantos que os automóveis tinham problemas nas estradas, pois escorregavam e ficavam todos sujos; um cheiro horrível invadiu a terra de Galielu.

O menino pensou:

- Se ninguém espirrasse, não havia cogumelos.

Então foi contar a sua ideia ao presidente da câmara.

- Se ninguém espirrasse, não havia cogumelos. – disse-lhe, com muita convicção.

Então, o presidente da câmara proibiu os espirros.

POW
POW
POW

Foi difícil para as pessoas. Tinham vontade mas não podiam espirrar, porque era proibido. Faziam-no às escondidas ou tapavam o nariz muito bem, com um lenço. A verdade é que deixou de ouvir-se espirros na terra de Galielu. E os cogumelos começaram a desaparecer.

- Parabéns, Galielu. Tinhas razão. – disse-lhe o presidente da câmara.

Em breve, não havia cogumelos nas ruas. A invasão tinha terminado. Mas as pessoas andavam todas doentes. Sentiam-se muito mal dispostas por não poderem espirrar. Pouco a pouco, começou a acontecer uma coisa muito estranha e nunca vista: um cogumelo nasceu-lhes no nariz.

O menino envergonhado

Josito era um menino muito tímido. Tinha vergonha de tudo. Mesmo de andar na rua com os pais, até de ir brincar para o jardim com os outros meninos.

Por isso, quando o chegou o dia de ir, pela primeira vez, para a escola, Josito ficou aflito. Chorou e disse que não queria ir.

- É preciso ir. Tens mesmo que ir. – disseram-lhe os pais.

E, embora um pouco zangado, Josito lá foi. Não sabia o que o esperava mas achava que ia ser muito difícil. E que não iria gostar.

Ficou em pânico quando os pais o deixaram sozinho. Envergonhado, Josito achou que toda a gente ia ficar a olhar para ele.

Mas quando finalmente entrou na escola o que mais o espantou não foram as outras pessoas. Foram os narizes, uma série de narizes gigantescos que espreitavam através de umas janelas, enquanto ele caminhava.

Muito admirado, Josito parou. Nunca vira tantos e tão grandes narizes. Ao princípio, teve medo. Depois, teve nojo. A seguir, teve curiosidade.

O primeiro nariz tinha muitos cabelos. Tantos, tantos, tantos! Ao aproximar-se, Josito achou que aquilo parecia uma floresta. E como o nariz era gigantesco, ele achou que podia entrar, especialmente porque, de repente, viu o que parecia uma minhoca a chamar por ele.

- Quem és tu? – perguntou-lhe, e parecia que tinha perdido a timidez.

Era uma minhoca, de facto. Mas sorridente, com uma boca larga e dois olhos brilhantes. Acenou-lhe, chamando-o, e foi a deslizar através de uma folha de árvore, muito larga.

Ao pisar a folha, Josito escorregou e caiu, também deslizando, a grande velocidade, como se estivesse num enorme escorrega de um jardim. Já não estava assustado e achou aquilo muito divertido. Quando finalmente parou, viu que estava, de novo, fora do nariz.

O segundo nariz estava molhado, muito molhado. Como se fosse de alguém constipado. Josito viu que a entrada estava tapada com uma bolha de água.

Tão lisa, tão lisa, como se fosse um espelho. O menino até viu a sua figura reflectida, com os cabelos espetados e a mochila às costas. Ao aproximar-se, ficou maior, e muito gordo.

Riu-se, divertido, e espetou um dedo na bolha gigante. Era difícil, porque a bolha, afinal, era dura. O menino fez muita força e ela rebentou. De tal forma que rebentou e o molhou. Josito ficou todo encharcado. Não achou muita piada à brincadeira e achou que aquele nariz não tinha tanta graça quanto o primeiro.

O terceiro nariz era mais pequeno e não tinha qualquer bolha. Aliás, estava a mexer-se imenso, como se estivesse constantemente a cheirar. Era isso, o nariz estava a cheirar, e quando Josito se aproximou ele parou um bocado e depois começou a ficar maior e logo a seguir mais pequeno, e assim muitas vezes. Até que parou e torceu-se para o lado, como se não tivesse gostado do cheiro de Josito.

- Que é isso? Estás enganado, eu tomei banho hoje! – gritou-lhe o menino, que agora já não sentia vergonha de estar na escola.

Mesmo assim, o nariz continuou torcido, e Josito achou que não valia a pena ficar ali. Olhou à procura do nariz seguinte mas já não viu mais nenhum.

Aparentemente, tinham todos desaparecido. De súbito, ouviu um toque estridente, por toda a escola, e percebeu que estava na hora de correr para a sala de aulas. Sem vergonhas, Josito entrou e olhou para a professora. Tinha um nariz enorme, muito fino e bicudo. Parecia estar em todo o lado. O menino ficou muito quieto no seu lugar, mas quando o nariz bicudo chegou ao pé dele, o menino sorriu-lhe. Achou que aquele era o seu primeiro amigo na escola.

2+2
4
Sumário: Leitura de

A velha curiosa

Essebinda era uma velha, muito velha, que tinha um nariz horrível. Além de muito comprido e magro, o nariz de Essebinda estava cheio de rugas e tinha algumas peles caídas que deixavam assustados meninos e meninas.

Na ponta, o nariz de Essebinda estava cheio de cabelos, alguns já brancos e que às vezes pareciam ter teias de aranha. Como Essebinda era muito, muito velha, com este nariz às vezes parecia uma bruxa, e os meninos e meninas fugiam dela.

Mas Essebinda tinha outro problema. Ela metia o nariz em tudo. Como era uma velha bastante curiosa, nada escapava ao seu nariz.

Se os meninos estavam a ver televisão, ela metia lá o seu nariz, e logo os desenhos animados ficavam tapados por uma coisa horrível.

Quando o neto estava a fazer os trabalhos da escola, ela metia lá o seu nariz, e os cabelos tapavam os números e as contas.

Quando iam ao supermercado, Essebinda metia o nariz no cesto das compras cada vez que qualquer coisa caía lá dentro.

Até que um dia aconteceu uma coisa terrível: ao meter o nariz num livro que estava na prateleira do supermercado, Essebinda ficou com o nariz preso nas folhas desse livro.

- Ai, meu deus! – gritou. – Quem me ajuda?

As pessoas que estavam à volta correram para ajudá-la, mas não conseguiram. O livro fechara-se no nariz de Essebinda, e ela teve que voltar para casa com o livro pendurado no nariz.

Chamaram um médico e ele disse-lhes logo:

- É preciso cortar este nariz!

Assim foi. O médico cortou o nariz de Essebinda e, para espanto de toda a gente, o nariz voou pela janela, com o livro agarrado, e desapareceu.

Com o nariz cortado, Essebinda passou a ser uma velha muito triste. Mas, com o passar do tempo, um novo nariz começou a crescer-lhe no lugar do outro.

Desta vez, era mesmo um nariz novo, pequenino e muito liso e limpinho.

Porém, era tão pequenino, tão pequenino, que Essebinda, embora curiosa, deixou de o meter em todo o lado.

- Deixa-me ver! – passou ela a dizer a toda a gente.

Pois, é que agora Essebinda, em vez de

meter o nariz, metia as mãos.

Curiosa, metia as mãos em tudo. Nas compras do supermercado, nos livros do neto, na comida que se fazia. E os dedos das duas mãos pareciam o seu velho nariz: compridos, cheios de rugas, com as peles caídas e alguns cabelos na ponta…

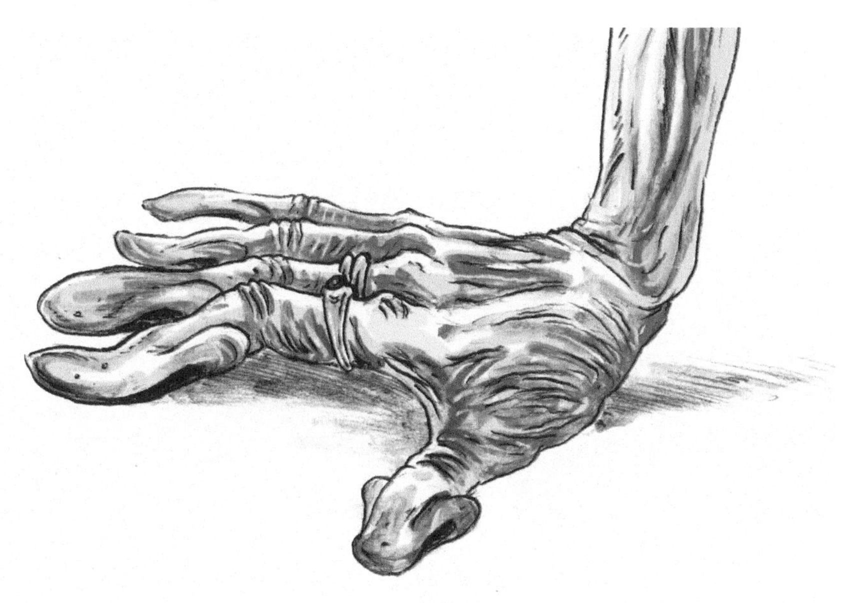

O
nariz perdido

No país dos narizes, havia um que estava sempre a chorar. Era um nariz pequenino, muito envergonhado. Ele tinha vergonha porque se olhava ao espelho e via que era pequenino; mas não só: ele também achava que era muito gordo. Olhava para os outros narizes, tão elegantes, e tinha inveja deles.

Os outros eram narizes alegres e muito bem cuidados. Pendurados na cara dos seus donos, via-se que eram lavados e limpos quase todos os dias. Alguns eram mesmo aparados: ou seja, cortavam-lhes os cabelos, que faziam cócegas e até tapavam a luz do sol.

Alber – era este o nome deste nariz – não sabia bem qual era o seu dono.

Na verdade, nunca o vira. Procurava, procurava, mas não encontrava um lugar.

Todos estavam ocupados. Por isso, Alber chorava. No país dos narizes, não havia ninguém mais triste do que ele.

Os outros narizes ficaram preocupados com ele. Um grupo de dez narizes veio ter com ele e um nariz grande, muito senhor do seu nariz, disse que o queria ajudar.

- Mas como? – perguntou Alber.

O outro disse-lhe:

- Vou levar-te ao país dos homens sem nariz.

Assim foi. Alber não sabia, mas havia um país de homens sem nariz. Quando lá chegaram, o outro nariz ficou à porta, um pouco assustado. Via-se que tinha medo de entrar.

- Vai! – e empurrou-o.

Lá dentro, Alber continuou a sentir-se sozinho. Via muitas pessoas a circularem de um lado para o outro e ninguém, de facto, tinha nariz. Alber sorriu: agora era só escolher.

Assim, acenou a todas as pessoas que passavam. Porém, ninguém lhe ligou.

Alguns olharam para ele mas fugiram de imediato, como se um nariz fosse a coisa mais repugnante que alguma vez tinham visto.

Ao fim de algum tempo, assim isolado, abandonado, Alber achou que não estava ali a fazer nada. Teve, até, saudades do seu país. E foi caminhando, caminhando, por muitas horas, por muitos dias, até ficar esgotado e cair para o lado. Não aguentava mais. Sem saber como, Alber entrou no país do Carnaval.

E aí, estava ele a dormir, muito cansado, um menino brincalhão encontrou-o e levou-o para o seu quarto. Lá dentro, o menino tinha uma colecção de muitos narizes, que usava cada vez que colocava a máscara para brincar. Finalmente, Alber sentiu-se feliz. E viu-se que já não estava perdido.

Índice